I0751929

De la même autrice

Les étoiles d’encre

Essence Indigo

Sarah Joan

Là où dorment les fleurs

Recueil de poésie

Titre de l'édition originale : Là où dorment les fleurs.
Couverture et mise en page par © Sarah Joan
Illustrations : © Sarah Joan, ©Zoé et ©Coryanne
Images libres de droits : Canva
ISBN : 9782960336269
Prix : 8,90€
Dépôt Légal : Février 2026

Sommaire

« N'oubliez pas que toutes les étapes, de la germination à la floraison, sont belles, même les plus sombres, et que les fleurs sont fortes. »

Note au lecteur

J'ai écrit ce projet entre 2025 et 2026. La plupart des textes sont issus des notes que je prends sur mon téléphone dès que l'inspiration surgit. D'autres textes proviennent de mon voyage en Argentine, Bolivie et Pérou.

La poésie est la musique de l'âme. J'ai écrit ce projet pour conter plus que raconter. Certains textes sont des ébauches de futurs romans, des extraits… des pétales qui s'envolent au vent et qui parfois croisent votre route et vous touchent. Des phrases simples que j'ai écrites et qui pourront peut-être résonner chez d'autres.

Une écriture porteuse de messages.

Je me suis inspirée de ma vie, de mes déceptions, de mon voyage, des pensées qui peuvent me traverser, de mes blessures qui avaient besoin d'être exorcisées.

Les ombres sont belles, elles aussi, ne l'oubliez pas. Je vous parle aussi de ces racines profondes transmises par nos ancêtres, de ce que l'on crée et défait pour le mieux.

Refleurir. Germer.

Notre vie est comme une fleur, nous germons à partir de nos racines. Certaines méritent d'être arrachées, d'autres nettoyées avant d'être replantées, mais jamais changées.

J'ai tenu à appeler ce projet *Là où dorment les fleurs*, car, pour moi, chaque émotion, sombre ou lumineuse, est un pétale de la jolie fleur que nous sommes, bien ancrée dans la terre et tournée vers le ciel.

Bonne lecture et bon voyage, *Mes fleurs*.

Défloraison

ou défaire la raison
Nom féminin

emprunté du bas latin *defloratio*
En Botanique, chute des fleurs.
Fin de la floraison d'une plante ; moment où la fleur se fane, perd ses pétales et entre dans une phase de transformation menant au fruit, à la graine ou au repos végétatif.

fais voir tes dessous
si ça vaut le coup

Société consumée

il faut souffrir pour être belle
refais-toi à coups de pelle et de truelle
maquille-toi full face
le brushing indélébile
pour satisfaire leur compile
pile à leur goût
fais voir tes dessous
si ça vaut le coup
bon ou mauvais coup
ils seront affables
pour te mettre à genoux
remplis de paroles louables
car les femmes souffrent pour être baisables

Sarah Joan

Ce matin

ce matin entre l'aube et le sommeil
là où l'aurore est d'or
où les chimères dorment
je suis revenue dans notre maison
absent était le soleil
de notre cocon

je l'ai visité en rêve
tout semblait pareil
je cherchais une trêve

tu n'étais pas là
le sang laissé non plus
les cris les larmes
des échos invisibles dans la poussière de nos armes

il n'y avait que nos ombres
c'est la première fois que j'apercevais nos démons
ils étaient nombreux
tantôt tristes tantôt lumineux
j'ai fait la paix avec eux
je leur ai dit que je les aimais
qu'il était temps pour eux
de savourer la liberté

Sarah Joan

je suis fatiguée par cette société
emplie de faussetés

Brûler

les larmes roulent chaudes
bien trop bouillantes
pour mon royaume
alors qu'à l'intérieur la peur me hante
des blessures que j'ai tenté de panser
pour avancer
mais à la première accalmie
je tombe en charpie
en cendre est mon cœur
mais le brasier ne brûle pas
il meurt
il veut suspendre le rêve de Cassandre
celle qui voit
mais que personne ne croit
elles me brûlent ces larmes
elles écorchent mes joues
bien trop chaudes pour être gardées
si elles pouvaient parler
je suis sûre qu'on y verrait couler
tous mes secrets
les vérités enfermées
les traumas bien cachés
qui ne demandent qu'à hurler :
Regarde-moi !
Regarde-moi putain !

Sarah Joan

je suis toi et tous les autres
je suis l'infini et l'univers
je suis ton père
et je mérite tes prières
je mérite que tu m'aimes aussi
Regarde-moi !
Je te vois.
ma gorge est nouée
ça doit être ça quand on suffoque depuis bien trop longtemps
mais je continue à nager
jamais je ne coulerai
mes traumas se transformeront en bouée
une vieille amie sur laquelle je pourrai m'appuyer
et que je saurai écouter

il n’y aura jamais de bonnes versions de nous

Il pleut dans mes yeux

il pleut dans mes yeux
depuis que nos cieux gracieux
se font la guerre
à coup de tonnerre
tu sais bien que je perds
à ce jeu
cœur de pierre
perdue dans l'éther
en attendant des mieux

Sarah Joan

Trop petit

j'ai parfois l'impression
que mon corps est trop petit pour moi

Ignorance doublée

le savoir est un paradoxe
car plus on en obtient
plus on se transforme en équinoxe

l'illusion est un poison
nous endormir toujours
jusqu'à nos derniers jours

plus on s'élève de cette masse
en évitant de boire la tasse
plus on se rend compte à quel point
nous sommes ignorants
la réalité nous dépasse vainement

Sarah Joan

Froid au cœur

j'avais froid au cœur
il a fini par geler

Vrai

on a eu le mérite d'exister
mais on a surtout eu le courage de se quitter

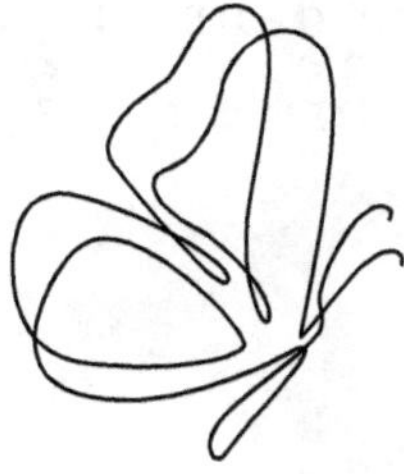

je t'ai tué dans une autre vie
tu m'as brisé dans celle-ci

Les brebis galeuses

dans une nation damnée
où les grands font des rites sacrés
avant de massacrer
au nom de la paix
ils assurent leur prospérité déguisée

venez au bal
vous divertir
cachez votre étoile
pour échapper aux vampires
n'oubliez pas d'aimer et de créer

Solitude nécessaire

la solitude est nécessaire à qui veut créer
à qui veut penser différemment
avant de revenir au monde
galvanisé par l'envie de donner
sans attendre ni retenue

J'aime pas le lundi

j'aime pas le lundi
parce que ça rime avec fini
c'était censé être le jour où tout commençait
c'est resté celui où tout s'est terminé
la douleur ne se compare pas
ne se mesure pas
ancrée dans le poids
celui que l'on porte
qui nous escorte
comme une écharpe à notre cou
où que l'on aille elle aura raison de nous
la mort frappera
si elle ne nous emporte pas
elle sifflera
pour nous rappeler que la vie n'est pas que belle
elle est cruelle
dans mes bras mon amie
anéantie
son petit frère est parti
j'aime pas le lundi

Sarah Joan

fierté d'homme trop pudique
mais pas pour la nique

Sarah Joan

Brouillon

fierté d'homme trop pudique
mais pas pour la nique
tu te déshabilles mieux que tu ne montres tes émotions
tu connais mieux les mensurations
tu te contentes du stade brouillon
tu dévoiles
mal
je suis déjà partie
dommage

Sarah Joan

On se retrouvera dans un monde sans ténèbres

l'échec est l'échelle de demain me suis-je dit
en pleurant tard dans notre lit
que tu avais quitté
pour ne laisser que la froideur de ton ombre qui planait
et me regardait
lancinante elle s'est avancée
comme pour me manger - ce que tu as toujours fait
tout me prendre
me vider
me presser

plus on comprend
plus on est seul

il est préférable d'être comprise plutôt que d'être aimée
le vrai amour
comme présenté par la société
et ses images instagrammables
est falsifié

Le parfum des regrets

je t'ai laissé
je le regrette amèrement
car ça te donne l'occasion de dire que je mens
je ne t'aimais peut-être pas comme toi
mais entre nous il n'y avait pas de lois
notre lien était sincère
on faisait la paire
je ne voulais pas te perdre
repousse ton *urgence*
et reprenons la danse

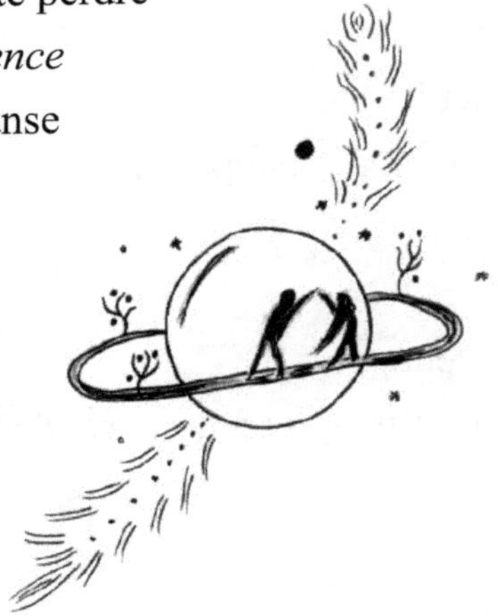

Leur noirceur n'est pas une couleur

goûtez l'espoir
indélébile
laissez-moi croire
qu'on n'est pas débiles
et qu'il reste encore une échappatoire
que tout n'est pas noir
leur noirceur
n'est pas une couleur
comment a-t-on pu l'intégrer à notre candeur

doit-on accepter de se damner
tout entier
pour avoir la paix
pas la vraie
celle que vous avez orchestrée

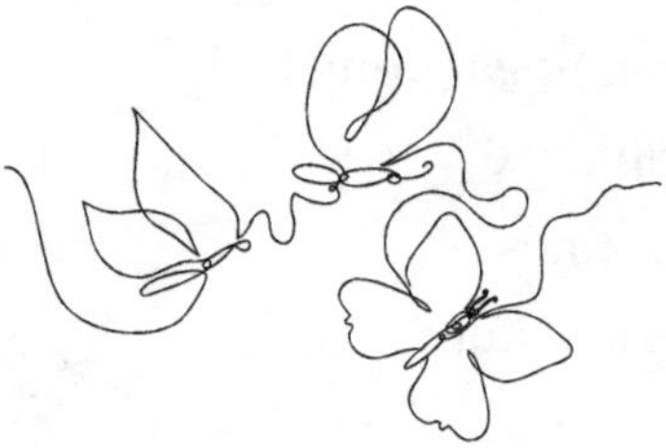

J'aimerais grandir

j'aimerais grandir
mais c'est de pire en pire
l'avenir est à vomir
où sont les câlins
les douceurs d'antan
qui nous faisaient lever le matin
le cœur battant
où sont les belles promesses
les vraies
pas celles qui blessent
celles de la prospérité
cette paix que l'on connaît
pas celle que l'on nous promet
où est la bienveillance
à l'égard de nos aînés
des animaux de la nature
et de nous autres

Racine

Nom féminin

Issu du bas latin *radicina*
Premier souffle, partie cachée, héritage de la Terre.
Base des végétaux par laquelle ces derniers se fixent dans le sol, se nourrissent avant de grandir.

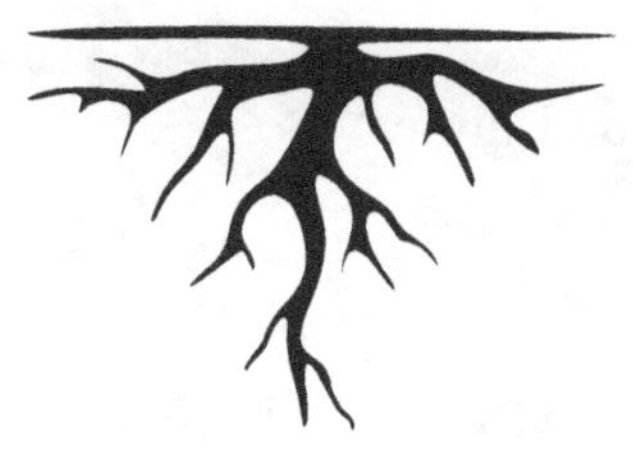

Ton reflet glisse sur moi

car ta présence
rime avec négligence
indifférence
sais-tu au moins qui je suis
tu considères que tu as été utilisé
pour que j'existe
mais j'existe !
et j'ai le droit d'être écoutée
aimée
pas dénigrée
parfois j'imagine ce qu'aurait été ma vie
si tu avais été là
vraiment là
à t'intéresser à ce que j'aime
ce dont je rêve
pourquoi je doute
pourquoi parfois je me perds sur la route
me serrer dans tes bras
me réprimander quand ça ne va pas
sans un sourire ni un soupir tu me saccages
par ton inaction
ton reflet glisse sur moi
mais n'existe pas

Sarah Joan

tu n'es qu'une ombre dans ma vie
lourde à porter
remplie d'amertume
d'être celui que tu ne seras jamais
un père
pas celui qui plante la graine
mais celui qui élève
j'ai manqué d'amour je le reconnais
pourtant je n'en suis pas dénuée
au contraire
est-ce que la nature de l'homme dépend
de ses parents ou de l'environnement qu'il se choisit
construit ou déconstruit ?
cela prendra plus de temps que certains
mais je saurai me choyer
couper les schémas
et donner à mes enfants tout l'amour
que tu m'as transmis sans me le montrer

Là où dorment les fleurs

j'irai là où dorment les fleurs
là où aucun rire ne meurt
là où nos âmes sont encore sœurs

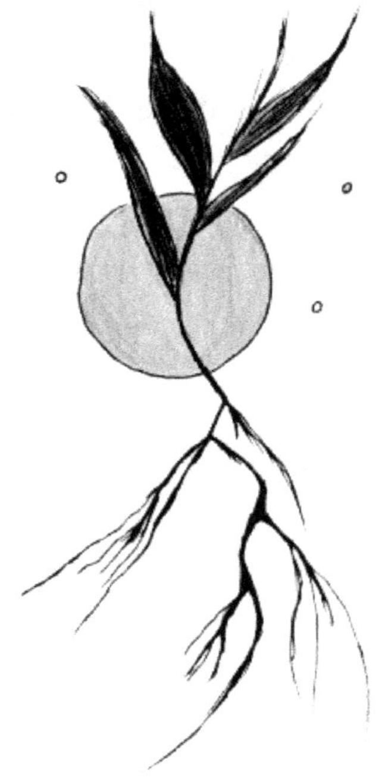

Fleur

fleur naturelle
essentielle et éternelle
aux racines anciennes
qui fleurit en été et décline en hiver
au rythme des saisons d'un perpétuel recommencement
comme un printemps
des siècles durant
nous renaissons
nous reconnaissons
réapprenons
changeons
je suis issue d'une lignée de femmes
une famille d'âmes et de dames
magiciennes et sorcières pour la bienfaisance
qui se sont tues trop longtemps
je brille à la lumière de toutes ses vies parcourues
de toutes ces femmes qui ont transmis la graine et la sève
qui coulent dans mes veines
je suis la sève
parcourue d'ombres et de lumières
dont les Hommes n'ont pas encore trouvé le secret
pour l'éteindre

Souviens-toi

En Quechua, on ne dit pas *au revoir,* on dit Tupananchiskama : *jusqu'à ce que la vie nous trouve et nous fasse nous rencontrer à nouveau*

Au commencement était la nuit, nous sommes originaires de la même graine, du même berceau originel. Parfois, je rêve encore des lumières, de nos jeux, de ces cités merveilleuses au creux des étoiles. Nous naviguions dans des eaux troubles, mais nous étions jeunes, trop novices pour comprendre les conflits qui se jouaient. On découvrait la vie. C'était la première. Puis, il y a eu *la déchirure*, vaste et brutale, celle qui dévora la nuit. Le chant infini s'est éteint. Nous avons cessé de jouer, de danser et d'aimer.

Il ne restait plus que des cendres.

Tu agonisais dans mes bras. Nous étions victimes d'un génocide. Le premier avant que nos âmes vagabondes ne migrent vers la Terre.

Meurtre dans l'éther. Le monde a oublié, mais l'univers, lui, se souvient encore du bruit et des hurlements de ceux que l'on sépara de force ce soir-là.

Toi et moi.

Je savais que d'autres vies nous attendaient, mais je ne voulais pas quitter celle-ci. Je n'avais pas assez vécu. Sous leurs armes, je sentais mon pouls faiblir. Lorsque leurs lames m'ont ôté mon dernier souffle, elles ont laissé une trace indélébile sur mon âme. Des larmes éternelles.

Quel pire dessein, celui de mourir, de renaître et de garder en soi la douleur d'un meurtre interstellaire abominable oublié de tous.

Sarah Joan

Quelle infamie de me souvenir parfaitement de toi, sans jamais que tu ne me reconnaisses dans toutes ces vies qui se sont succédées. Bien trop nombreuses. Bien trop… déceptives. De te rencontrer à nouveau sans jamais pouvoir nous unir, car nous sommes maudits.

Maudite mémoire.

Pourtant, je le sais - souhait ou fatalité - je te retrouverai jusqu'à ce que tu te souviennes du vaste écho de ce que nous sommes. Serons.

Maudite mémoire

Note : le prologue d'un futur roman

La force de la nature

la force de la nature
est dans l'aventure
sous la toiture
pure
de notre écorce

Sarah Joan

Racine commune

le corps de la mère a déposé
l'orfèvre d'une féminité jalousée
et que j'ai longuement ignorée
une puissance que j'ai craint
un joyau mis sous écrin
pour fuir le regard malsain
de mes sœurs tantôt rivales amies ou mères
qui ne connaissent pas leur magnifique lumière
singulière

cruelles ignorant leur potentiel de sorcière
elles jettent des sorts
qui leur font elles-mêmes du tort
alourdissent leurs âmes et bloquent la mienne
mais je ne suis pas vous
je ne suis pas les craintes que la société vous a initiées
et vos enfers
je suis loin de vos chaînes
Femmes aimez-vous !
plutôt que de vous juger
choyez-vous mes sœurs
nous sommes puissantes
ce monde est trop dur pour nous autres
pour que nous nous tirions encore dans les pattes

Sarah Joan

Écrire

écrire ça me permet de m'ancrer
de laisser une trace dans l'éternité
raconter inventer rêver
vivre le rêve
lui donner vie
voilà la clé
jusqu'à ce qu'il devienne réalité

Sarah Joan

D'où je viens

quand on me demande d'où je viens
je dis de loin
je suis le fruit de mes ancêtres
de toutes ces distances parcourues
ces révoltes silencieuses
qui coulent encore dans mes veines
je les porte comme un drapeau dans mon ADN
je suis le corps d'une européenne
l'histoire dans la peau
la mémoire dans les os
et le souvenirs des eaux
celle du premier effacement
ce n'était pas un déluge
mais une purge

La sève de mes rêves

une vie est extraordinaire
si on lui accorde l'ordinaire de nos rêves
que l'on vibre à chaque moment
car on se sent vivant

À propos de l'amour

extrait de La Matrice de Cristal
mon deuxième roman

Sarah Joan

À propos de l’amour

l’amour
voilà une notion disparue
maîtresse de l’homme et reine de sa perdition
peut-être n’est-ce pas plus mal
d’avoir occulté ce sentiment de nos esprits
frein à son développement

J'ai entendu cette musique en rêve

je me souviens de sa robe
de ses baisers qui s'envolent
je me souviens
et la nuit me pardonne
en oubliant ses bagages

Parole d'arbre

si on interrogeait les arbres
je crois que l'on reverrait pas mal de livres d'histoire
alors écoutez
éteignez votre télé

note : extrait de mon roman Essence Indigo, inspiré de mon voyage en Nouvelle-Zélande et de ma rencontre avec Tan.

je suis lasse d’être à la dérive
pourtant je m'en enivre

L'ancre

je suis comme un navire qui ne jette jamais l'ancre
j'aimerais m'accorder un répit
mais ça ne sera pas dans cette vie
une existence douce calme bien méritée
mais cela ne me fait pas rêver
je suis un morceau de bois
qui ne pourrit pas
malgré les affres du temps
et ses caprices
je ne prends racine nulle part et à la fois
c'est comme si j'avais toujours été là
je suis le décor invisible qui se dessine
dès que le soleil s'incline
lorsque le terrible vent du nord se remet à souffler
apportant avec lui la quête de liberté
je m'en vais
je suis lasse d'être à la dérive
pourtant je m'en enivre
de *cette vie*
de ces gens
de ces échanges
mon cœur se gonfle à chaque nouvelle amitié créée
que je chérirai comme un trésor
car toute rencontre même éphémère vaut de l'or

on traite les femmes
comme on traite la Terre

Se consumer

on traite les femmes comme on traite la Terre
dans le ventre de notre mère
si on avait pu le faire
on l’aurait fait taire
traire
nous sommes destinées à consommer
et se consumer

Germination

Nom féminin

Vient du latin *germinatio*
Moment où la graine absorbe l'eau, se transforme
et donne naissance à une jeune pousse.
La germination est le début du développement
d'un nouvel individu végétal.

Ode au rien

le rien est illusoire
une conception de l'Homme
qui suis-je
sinon un être pensant et agissant pour elle seule
aujourd'hui je suis
et demain
aujourd'hui je suis pressée d'éclore
et de trouver le bon chemin

Sarah Joan

Le quai des regrets

la vérité c'est que je ne t'ai pas oublié
partout où je vais tu es
ce *nous* s'échoue encore sur l'écume des vagues
et le murmure du vent
les hommes auxquels je m'attache
ne sont que de la poussière
à côté de notre lumière et de l'éclat de nos souvenirs
ils ne sont que des fragments d'être
indisponibles insensibles
ils ne s'arrêtent pas
ils ne font que passer
comme si j'étais un quai
sur lequel on reprenait des forces
mais moi je reste
attendant désespérément qu'on revienne me chercher
j'attends depuis si longtemps la lumière d'un train
qui cette fois ne me laissera pas descendre
mais dans tous les cas si personne ne vient
je suis ma propre lumière
mon propre train
et je ne laisserai plus n'importe qui
monter dans ces wagons

la douceur de notre relation était loin
très loin
elle me manquait déjà

viajar con una persona es una vida.
voyager avec une personne, c'est une vie entière.

Deux temps

toi tu entendais
moi je ressentais
quand tu voyais le passé
je devinais ce qui nous attendait
attends encore
tout comme nos corps
qui s'étendaient pour ne former qu'un
nos âmes se disaient *Enfin*

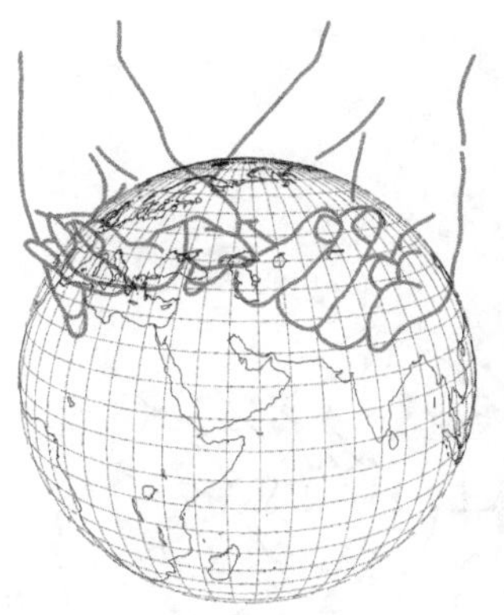

Sans coeur

je n’ai plus de cœur
l’enfant intérieur j’en ai plus peur
j’avance avec ardeur
dans les méandres de ma douleur

doucement pour guérir
doucement pour quérir
le parfum des souvenirs
pour construire mon empire

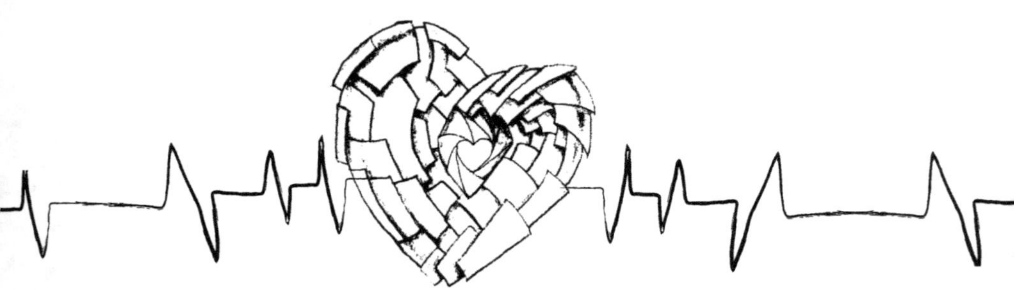

mon cœur saigne
daigne-t-il encore battre ?
c'est déjà bien
un pas après l'autre

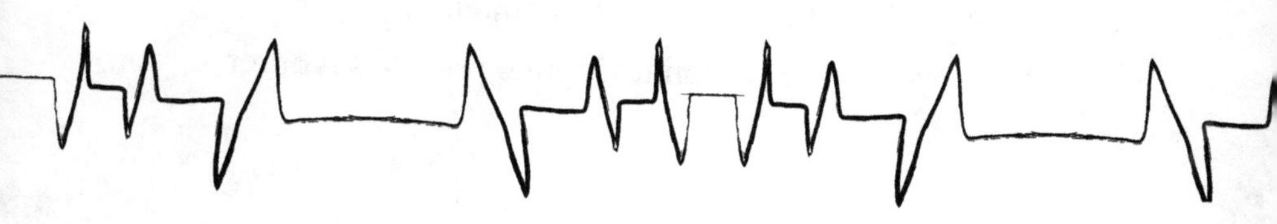

Écouter le monde

le ciel est bleu
l’environnement glacé par la paix
comme si demain n'existait pas
souffle suspendu
le soleil brille et l’embrun doré chuchote
qu’il est temps de s’en aller

est-ce cela qu’on appelle l’intuition
écouter le monde murmurer
ou simplement prendre une pause
laisser résonner le silence de sa voix intérieure

le bruit permanent nous empêche de réfléchir
on se shoot à la dopamine
on scroll le réel pour l’oublier
vider
jusqu’au jour où les rayons d’un soleil d’hiver
nous effleurent
et nous rappellent que la vie c’est maintenant
qu’il faut lever le nez de son téléphone pour la savourer

Sarah Joan

Rien n'est vrai

en me concentrant sur ce qui m'entoure
le bar les tables et la serveuse
qui s'active à essuyer un verre à pied
j'ai soudain l'impression
que mon environnement clignote
grésille pour ensuite disparaître
en fumée
je suis entourée de vide
je suis le vide
un vide que je remplis à la lueur de mon subconscient
rien n'est réel
tout est à refaire
en boucle

Sarah Joan

j'étais perturbée
par le brouillard de mes blessures
qui ne me représentent pas

Nos vies en parallèle

amère comme si quelque chose devait se passer
mais que ça n'arrive pas
je vois l'évidence
ou n'est-ce que moi ?
on se ressemble beaucoup
plus que je ne le pensais
ou alors devient-on les mêmes
malgré nos vies en parallèle

Un amour profond et véritable

il y avait une sorte de paix à le regarder dormir
c'était comme si
comme si j'avais attendu ça toute ma vie
mais que malheureusement encore je ne faisais que passer
que j'allais partir
de la même manière que j'étais entrée dans sa vie
aussi bruyamment et doucement à la fois
ça me brisait le cœur d'avance
avant même que ça n'arrive
comme si je savais ce que c'était
de partir
et laisser mon souffle partout autour de toi sans te voir
te deviner dans le miroir
dans le sillage de mon aura
tu brises encore les liens maudits
laisse-les brillants
notre serment
celui d'y arriver
de rester
se retrouver
et de se connecter enfin à un amour profond et véritable

Ce sera toi

je n'aurai jamais plus l'angoisse du trépas
pas moins que celle de ne jamais te retrouver
et te dire combien je t'aime
la lune est comme toi
un phare dans les ténèbres
si belle mais si loin de moi
inatteignable
les rubans bruissent encore sous le vent
et moi je pleure sous leurs frémissements
dans l'attente du chant de ma colombe

Note : poème écrit pour mon prochain roman
Ce sera toi

Nostalgie volée

j'étais nostalgique de toi
avant même de te rencontrer
si tu savais depuis combien de temps je t'attends
as-tu dit le jour de notre premier baiser
moi aussi je t'ai attendu
tu murmurais dans mes rêves
et quand tu es apparu
la réalité a pris une trêve
j'ai réellement entendu mon cœur se briser
quand on s'est quittés
c'était le 30 mai
je n'oublierai jamais
le ton est monté
tes mains aussi
on ne peut pas réparer
les morceaux d'une assiette cassée
le fil invisible qui nous unit a tremblé
le jour où nos âmes se sont entrechoquées
on n'était pas fait pour durer
et toi tu pars avec tous les morceaux de moi
as-tu murmuré
je me suis envolée
la leçon bien retenue
pas forcément bien vécue
ma nostalgie est restée à tes côtés
et sans toi la joie est apparue

Bien avant la chaleur

je crois que le sexe se passe bien avant l'acte en lui-même
universel requiem
c'est un regard un manteau enlevé
devant tes yeux ébahis
le désir fleurit
c'est la commissure de tes lèvres qui s'étire
ce sont des iris qui ne se lâchent plus
pour conserver ce souvenir absolu
derrière tes paupières
contenir l'appel de la chair
jusqu'au lever du jour
où plein de bravoure
tu franchis le cap du premier rendez-vous
le cœur battant et le feu aux joues

Irreal

il n'avait rien d'idéal
c'était justement ça que j'aimais
irreal
tu étais
tu es
depuis que je t'ai laissé
une part de toi est restée
commentant ma vie
de la plus banale à l'extraordinaire
je peux presque sentir ta main frôlant la mienne
ta tête sur mon épaule
tu n'es plus là mais tu es partout
je t'ai cherché dans les rues
dans les sourires
dans les regards
tard le soir
quand tu es revenu
j'étais déçue
l'image que je m'étais faite de toi
les espoirs que j'y avais mis
les attentes peut-être
étaient plus belles que ce que tu es vraiment

Nous étions des loups

le loup est dans la bergerie
parmi toutes ces brebis
qui bêlent gentiment
pour éviter le châtiment

les brebis ont peur du loup
différent
traité de fou
qui va défaire les rangs

elles oublient que c'est le berger
qui fait la pluie et le beau temps dans le pré
le berger est arrangé
les brebis ont confiance
elles ne voient pas que c'est lui qui mène la danse

manipulées à la baguette
gardées par les chiens
tondues et sacrifiées quand c'est décidé
pressées pour le lait

mais c'est toujours le loup le méchant
le dissident
chassé pour ce qu'il n'est pas
le loup a faim mais ne se goinfrera pas

Sarah Joan

le loup s’en va dans les dunes
quand les brebis suivent en troupeau
accusé de complot
le loup part clamer son désarroi à la lune

les brebis sont aveugles
préférant se damner devant de fausses lueurs
celles des fossoyeurs
je sais que parmi vous
il y a encore des loups
levez-vous !

Sarah Joan

je m'essouffle à petit feu
à me contenter d’un petit peu
alors que je mérite mieux

Le coquelicot et le pissenlit

Zoé
quand on s'est rencontrées
tu pouvais pas me saquer
syndrome post ou pré SPM
je sais plus
quand la méfiance s'en va à tire d'ailes
pour se parler à bâtons rompus
et apprendre à se connaître profondément
dans un environnement méchant
quelques larmes versées
sur l'oreiller pour mieux se pardonner
et parler beaucoup
du Grand Tout
à l'Univers
autour d'une bière
ou d'un bureau souillé par nos soupirs
rêvant d'un vrai avenir
c'est ensemble qu'on l'a rêvé
le voilà prêt
le cycle est terminé
la leçon tirée
mais pas notre amitié

Sarah Joan

Éclosion

Nom féminin

Du latin *exclusionem* dérivé du participe passé d'éclore.
Moment où le bourgeon s'ouvre pour devenir fleur,
il déploie ses pétales et révèle sa forme au monde.
Ce qui était contenu accepte enfin d'être vu.

Un monde dans un monde

si l’univers est en perpétuelle expansion
pourquoi pas nous ?
fragments d’étoiles
nous qui, avec nos cellules,
contenons aussi un monde

Retire tes charnières

ma lumière t'éblouit
et tu m'envies
tu me fais payer le prix
alors que la tienne est belle aussi
je suis ton amie
pas ton ennemie
brillons ensemble

Pauvre en apparence, riche de sens

plus le temps passait
plus j'avais l'impression qu'il défilait
qu'il ne m'appartenait plus
chaque moment était rapide
intense
une fraction de mois
ou de moi
en une fraction de seconde
j'aimais cette vie
pauvre en apparence
mais riche de sens

Fidèle

tu resteras toujours mon amie
car les pissenlits se transforment
volent
mais ne poussent jamais seuls

J'aime pas les gens

j'aime pas les gens
qui te lâchent des vus
mettent 1000 ans à répondre
s'excusent puis recommencent

ne t'excuse pas si tu continues
c'est malhonnête
je préfère que tu me dises la vérité
pas une politesse mal placée

je préfère les moments de qualité
les longues discussions sur les quais
les appels qui durent une éternité
plutôt que d'échanger des banalités

ne me demandes pas comment ça va
juste comme ça
si tu t'en vas

contrairement à toi
la réponse va m'intéresser
je vais creuser
je fais partie de ces gens vrais
un peu trop perchés
gentille mais abusée

Sarah Joan

je me suis faite marcher dessus par le passé
mais c’est terminé

je ne m'arrête que pour ceux
qui vont m’élever
m'intéresser et s'intéresser
seront humains
et pas en chiens
mais soyez convaincus que je porte assez d’amour
pour pardonner

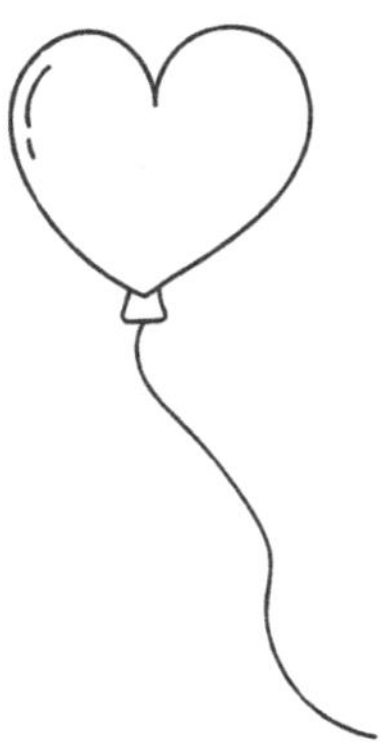

Belgique

Bruxelles ma belle
en venant entre tes ailes
pour m'échapper d'un amour déchu
je me suis sentie nouvelle
Manneken Pis ou make in peace
quand je l'entends
oui je suis en paix maintenant
aspirée dans un nouveau quotidien
parfois taquin
ingénue je suis redevenue
un an a passé puis deux puis trois
il est temps maintenant
j'entends le vent
celui qui me murmure
une nouvelle aventure
une nouvelle vie à commencer
de nouvelles personnes à rencontrer
c'est la première fois de ma vie
que je n'ai pas envie de partir
car Bruxelles
ma belle
malgré ton temps maussade et tes contours tristes
tu as quelque chose d'unique
que peu peuvent convoiter
le soleil se dévoile dans le cœur des gens

Sarah Joan

ou sous la mousse d'une bière
seul truc pas cher
merci Bruxelles
tu as su rallumer ma flamme
tu m'as offert de nombreux amis
merci pour les rires
les souvenirs
et les apprentissages

Pissenlit

pissenlit
incompris
j'aime le fait que tu changes
demeurant comme un soleil des prairies
ou comme le lampadaire des fourmis

j'aime le fait que tu pousses partout
te transforme
tant en lune duvetée
ou en soleil des prés

tes pistils portent en eux les vœux
là où ils se posent
ils plantent de nouvelles graines
on ne t'achète pas
tu es libre

pourtant on te marche encore dessus
moi je te trouve merveilleux

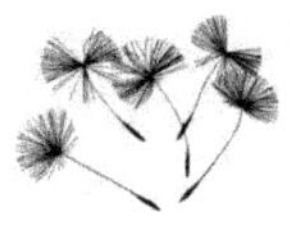

Sarah Joan

Sur les routes de l'Argentine

Aconcagua
le souffle coupé
le cœur battant les larmes plein les yeux
le soleil en se levant éclairait tes reliefs de rouge
et faisait changer leurs formes au gré de sa course
cette montagne limite naturelle entre deux frontières
monstre sacré d'une chaîne ancestrale et immense
mélange de dureté et de pureté

Sarah Joan

il y a de la vie dans la création
je crois que c'est la solution

Des cendres

je me suis construite avec des cendres et des fleurs
c'est ma force intérieure
je sais tout détruire
pour refleurir
sans jamais flétrir
donc si tu me rejettes ou que tu ne m'aimes pas
je fleurirai ne t'inquiète pas

À la maison

je t'ai croisé
j'ai soutenu ton regard
je t'ai cherché
mais j'ai toujours été en retard

sur moi tes yeux se sont abattus
comme si j'étais une vulgaire inconnue
une simple pnj
dans le jeu de nos vies

pourtant lorsque ton épaule a frôlé la mienne
sensation ancienne
je me suis sentie à la maison

je n'ai plus peur de ma puissance
je l'apprivoise
l'affectionne

Le temps

c’est toujours pareil entre nous
le temps ne passe pas
il file
et à la fois il s'arrête

de petites habitudes
pour un grand changement

Sarah Joan

Arcane 11

arcane onze
dame de la force et de la révérence
ton armure est plus solide que le bronze
je m'incline devant ta puissance

la vie retient son souffle
devant ton courage
qui nous éclabousse
et cette douceur sans âge
que tu as au fond de toi
tu ne l'offres qu'à des cœurs de choix
quelle chance d'en faire partie
d'être ton amie

grande âme ou dame qui tient la gueule
de n'importe quel chien en respect
tu as mon amitié
et mon admiration
source d'inspiration
puisses tu trouver la paix
car tu es aimée
ne l'oublie jamais

Sarah Joan

les personnes qui s'aiment se retrouvent

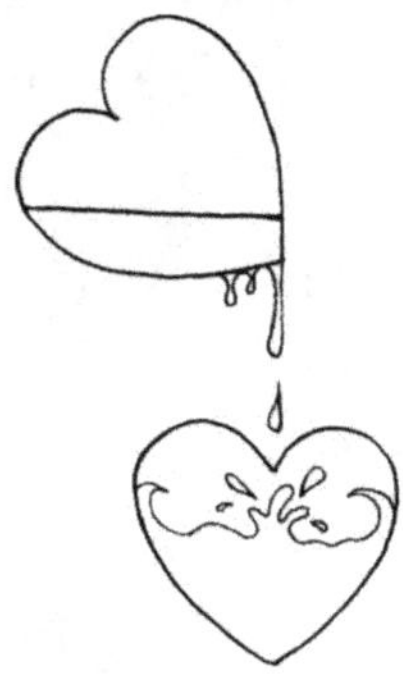

Pays retrouvé

lorsque je suis arrivée à Buenos Aires
j'avais le cœur gonflé de l'avoir fait
d'être partie
seule
à la fin de ce voyage
je réaliserai que cette peur d'être seule était illusoire
je ne l'ai jamais été
mes moments de solitude étaient remplis de ma présence
la vraie
lorsque je suis arrivée en Argentine
j'avais les yeux pleins de larmes
l'étrange sentiment d'être enfin chez moi
à la maison
avec cette intime conviction
que ce pays fut le mien un jour

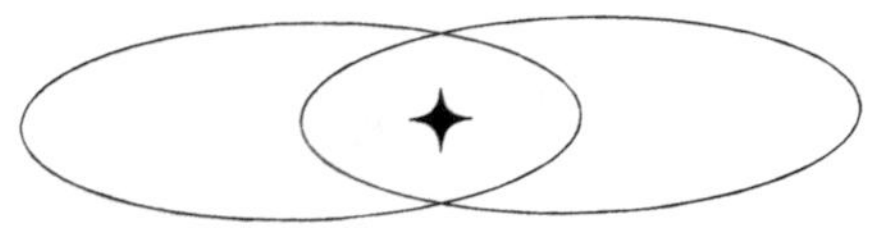

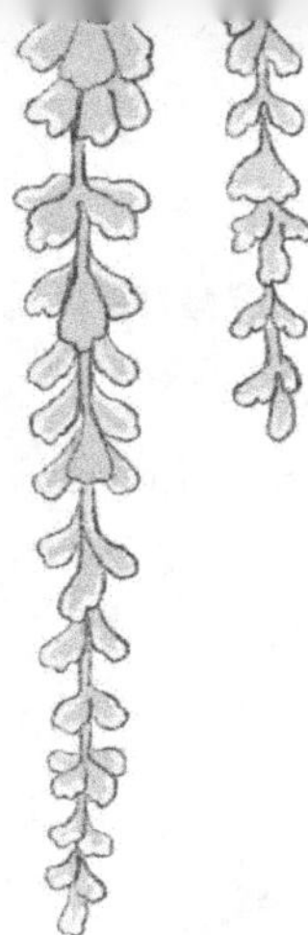

j'accueille mon évolution et ce qui arrive à présent

Je suis prête pour aimer

j'ai besoin d'écrire un autre jour en amour
je suis prête
j'ai tout pour

je ne pourrais vivre sans vous
et malgré tout
vous êtes partout

Éclipse

éclipse
le 2 août sous la constellation du scorpion
réunissant la lune et le soleil
le jour et la nuit
l'éternité
l'homme et la femme
la complémentarité de deux opposés que tout attire
et que la simple rencontre transforme
je n'ai pas de haine
seulement le regret que ça ne puisse pas continuer
est-ce le mien ou celui de toutes ces vies accumulées
à frôler un amour jamais accompli
nous sommes figés dans l'éternité de nos âmes qui ont fusionné
encore
éclairant l'ombre pour une nouvelle lumière
une vie en une
on a eu notre parenthèse
je te connaissais comme si on était vieux
à chaque phrase que je prononçais tu me disais
je sais
on se sait
rien de plus vrai
paix et lumière sur les ombres qui transforment
on devait transcender
pas rester

Sarah Joan

pourtant c'est ancré
cette rencontre devait avoir lieu dans ce voyage
pas un autre
je ne sais pas ce qui pousse les gens à se rencontrer
dans le grand hasard de la vie et à se séparer
parfois brutalement
alors que tout les unissait
c'est comme une danse cosmique
à laquelle je prends part et qui m'épate
m'émerveille à chaque fois
l'éternité
ça ne veut pas dire que le temps est infini
ça veut dire qu'il n'existe tout simplement pas
on savait que notre fin
tel un glas qui sonne
allait nous rattraper
à peine retrouvés
nous étions déjà tristes de nous quitter
parce qu'on ne savait que trop bien ce que ça faisait
se perdre
on ne l'avait que trop vécu
pourtant malédiction ou bénédiction
on ne sépare pas l'ombre de la lumière
que nous incarnons à tour de rôle
ni le soleil de la lune
ils vont de pair

Symbiose

Nom féminin

Issu du grec ouv /syn qui signifie *ensemble*
et du nom bios *vie*
Association biologique durable positive et réciproque entre deux êtres ou organismes pour se protéger, survivre, créer quelque chose de nouveau comme le miel.

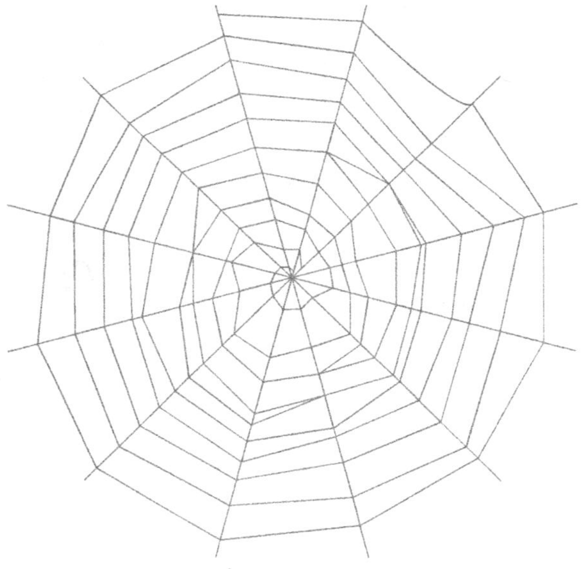

Les fils invisibles

du haut de la fenêtre du jardin de la rue Demey
elle se balançait
de gauche à droite
d'avant en arrière
je ne les voyais pas
mais je les sentais
ses huit yeux
tous pointés sur moi
tissant sa toile dans mes pensées
j'entendis une voix
ni femme ni homme
Araignée
bienveillante fut-elle
par télépathie nous avons conversé
régulièrement
elle me transmettait la vision qu'elle avait
de notre jardinet
de mes cigarettes fumées
de mon chat et moi
de sa toile qui s'étendait bien plus loin
plus que les confins
puis je lui demandais pourquoi
ne se montrait-t-elle que la nuit
et elle me dit :

Sarah Joan

ouvrez les guillemets
c'est la phrase sage d'une araignée :
le jour pâlit ma candeur
et je suis plus visible à mes prédateurs
Infinie Artiste je ne suis rien à côté
n'oubliez pas d'écouter
les araignées

Sarah Joan

Seule en voyage

je suis fière d'être partie seule
ce voyage n'aurait pas été le même
si je l'avais fait avec quelqu'un d'autre
quelqu'un que je connaissais
la meilleure présence fut la mienne
que j'ai appris à redécouvrir
à aimer
je suis fière d'être partie seule
de côtoyer le hasard
me laisser porter
et surtout de toutes ces jolies personnes rencontrées

Note : Le message de ce poème qui est tiré de mon carnet de voyage, en Argentine et au Pérou, c'est un peu de te dire à toi, qui me lit, si tu veux voyager ou faire quelque chose, fais-le, n'attends pas que les autres soient disponibles. Si tu as peur d'être seul(e), n'aie pas peur parce que tu ne le seras pas.

la vie est bien faite
les sentiments sont puissants

En vol pour Mendoza

je suis actuellement en vol pour Mendoza
les Andes me font face
depuis le hublot j'aperçois leurs pics enneigés
contrastant avec la noirceur de leurs corps
de là-haut elles ressemblent à d'immenses vagues
prêtes à déferler sur la ville qui se dévoile en contrebas
même d'ici je la sens
cette énergie
les Andes m'appellent

Coups de cœur

moi je crois aux coups de cœur
pas aux coups d'un soir
ceux qui te font peur
et changent ton histoire

l'inattendu
et l'évident
sentiment absolu
qui te touche en un instant

ceux qui te mettent la vague à l'âme
où la raison s'enflamme
ceux qui te font tout claquer
fusionner avec l'instantané
et se réconcilier

Adèle

il y a des rencontres qui nous sont destinées
certaines arrivent simplement
d'autres avec fracas
mais il y a ce *je ne sais quoi*
ce truc qui tressaute dans les yeux

on s'est déjà vu
on se connait
nous avons fait tout ce voyage
d'atome à atome
de naissances à petites morts
d'évolutions en apprentissages
pour en arriver là
ici
maintenant

le jour où je t'ai rencontré
j'ai entrevu deux entités pleines d'étoiles
immenses elles étaient dans cette toile
un homme et une femme
ils se serraient dans les bras en murmurant
ce simple mot :
Enfin
t'aimer c'est facile, je l'ai déjà fait

Sarah Joan

La perfection de nos contours

je ne t'attends pas
je te reçois
où que tu sois
va
apprends
aime
je ferai de même
jusqu'à ce que tu te souviennes
que sous une pluie diluvienne
nos deux mains se rejoindront toujours
à la perfection de nos contours

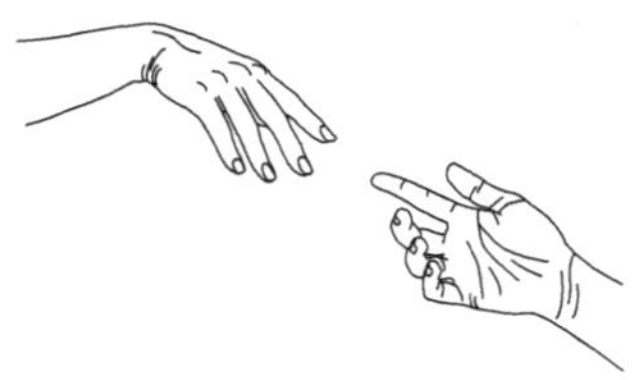

Pas de hasard

pas de hasard
le monde est petit pour ceux qui doivent se retrouver
et immense pour ceux qui ne doivent jamais se revoir

Sarah Joan

Le soleil et la lune

— J'ai un peu parfois l'impression que toi et moi on est les mêmes, qu'on vient du même endroit et, à la fois, qu'on est deux opposés, dit-il.
— Comment ça ?
— Tu sais un peu cette idée de l'homme et de la femme, le jour et la nuit…
— Le blanc et le noir, je complète.
Il s'arrête, m'évalue du regard. Un franc sourire étire ses lèvres. Je fonds.
— Oui un peu comme le soleil et la lune, ajoute-t-il d'une voix grave sans baisser les yeux.
— Mais le soleil et la lune ne sont jamais réunis, je rebondis.
— Le temps d'une éclipse si…
Il colle son front au mien. Nos paupières se ferment un instant. Sa main glisse naturellement dans la mienne. Son souffle chaud caresse mes joues. J'inspire profondément. La poussière des ruines Tiahuanaco pique mon nez.
— Mais les éclipses signent toutes une séparation inéluctable… je prononce à mi-voix en redressant le menton.
Il me contemple un instant sans ciller. Un frisson me parcourt.

Sarah Joan

— Et des retrouvailles toutes aussi incroyables lorsqu'elles arrivent, car elles arrivent, précise-t-il.

— Tous les mille ans, oui, je ricane.

— Et à ce moment-là, le monde assiste au spectacle du plus merveilleux lien.

Le temps et les étoiles

il paraît que le temps pour nous et les étoiles
n'est pas le même
alors que leurs lueurs nous parviennent
il s'est écoulé des années
en remontant leur luminosité
on peut obtenir une image du passé

je me demande si en inversant la lumière
quelque part dans l'univers
on pourrait retrouver un morceau de nous
figés
heureux
regardant les étoiles pour l'éternité

ce nous existera pour toujours
et peut-être qu'un jour
on pourra le retrouver
en boucle

nous ne sommes que du vide
des souvenirs
des milliards d'amants
d'aimants
les échantillons d'instants
où l'inconditionnel frôle l'irréel

Sarah Joan

L’ingéniosité des fleurs

j’ai toujours aimé la douceur des fleurs
l'ingéniosité de ce cœur
où rien ne meurt
où tout se transforme
comment dans leurs communications silencieuses
elles arrivent à rester
tandis que nous ne faisons que passer

Sarah Joan

la solitude est essentielle
n'aies pas peur de ta propre existence

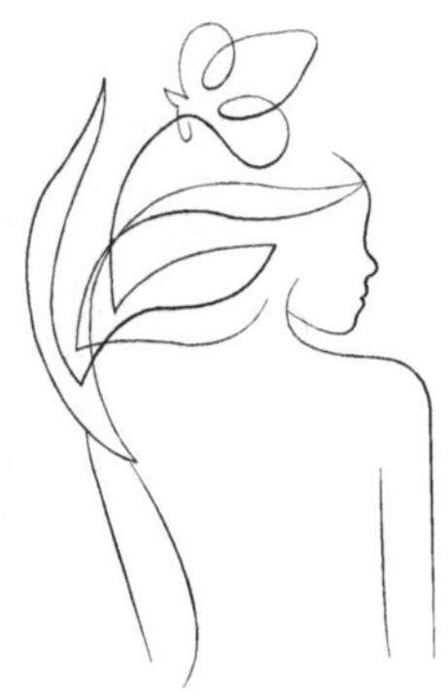

Notre capacité à aimer

notre capacité à aimer
est illimitée
pense à tous ces êtres à aimer
l'amour est une puissante énergie
salvatrice elle guide
sur la fin de la vie
on se souviendra
de l'amour pas du reste
l'amour sera l'écho
une puissante mémoire

L’origine de nos formes

comment revenir à la banalité
quand tu as frôlé l’éternité
comment revenir à la vie
alors que tout finit
comment envisager de se séparer
car ce n’est que trop arrivé
nous sommes la même graine
et lorsque nous nous rapprochons
nous revenons à l’origine de nos formes

Nino

je t'ai dit
tu es tout petit
sur mes genoux
tu m'as empêché de prendre mes jambes à mon cou
je venais de gagner un nouvel ami
pour la vie

Voyager

nous ne choisissons aucun lieu au hasard
que nous y passions trois jours
des mois ou des années
la Terre
la Madre Tierra
Pachamama
nous appelle
pour rencontrer
se retrouver
guérir
échanger
se rappeler
qui nous sommes

Sarah Joan

L'humanité se sauvera
quand elle cessera d'exister en tant qu'Humain

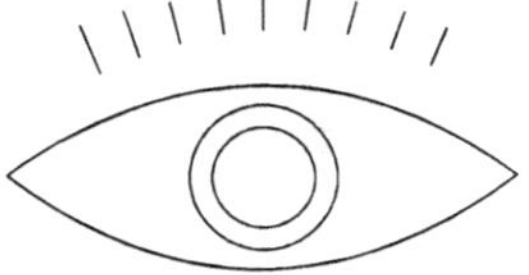

mes mots et mes maux resteront
pas moi
je vous les lègue
ils sont le terrain fertil
les souvenirs
le sang
les espoirs
qui fusionnent avec vous
à jamais à nous

Sarah Joan

Remerciments

Je vous remercie de me lire, j'espère que certains de ces textes ont su vous faire réfléchir, voyager et laisser une trace dans vos cœurs. N'oubliez pas que toutes les étapes, de la germination à la floraison, sont belles, même les plus sombres.
Si vous souhaitez me soutenir et continuer de me lire, n'hésitez pas à me laisser un avis lecture sur Amazon ou d'autres plateformes de lecture, ça m'aide énormément et je suis toujours contente de savoir ce que vous avez pensé de votre lecture. Vous pouvez aussi me suivre sur les réseaux sociaux : @sarahjoan_auteure ou encore rejoindre ma newsletter *Entre deux chapitres* sur Substack où je partage mes actualités, des documents pour les auteurs et des exclus pour mes livres.

Aussi, je tiens à remercier Coryanne et Zoé pour les illustrations réalisées (en plus des miennes) et de m'avoir relue. Ce recueil ne serait pas le même sans vous, alors merci pour votre créativité.

Merci encore à vous de me lire, de me soutenir, où que vous soyez.

Sarah